글 송윤섭

아동문예문학상에 동화가 당선되면서 글을 쓰기 시작했어요. 아동출판사 편집장으로 근무하며 다양한 어린이 책을 만들었고,
현재는 출판기획모임 YNT의 공동대표로 일하고 있어요. 지은 책으로는 《책 속으로 들어간 공룡》, 《책 만드는 마법사 고양이》,
《네가 행복하면 나도 행복해》, 《세상에서 가장 위대한 이야기》, 《세종이 사랑한 과학자, 장영실》 등이 있어요.

그림 서정해

대학에서 산업디자인을 공부하고 디자인 회사에서 일했어요. 지금은 프리랜서 일러스트레이터로 활동하고 있어요.
그린 책으로는 《재주 많은 뼈》, 《코뿔소가 되었어》, 《빨간 것은 앵두》, 《내가 먹은 음식은 어디로 갈까요》, 《세종을 만나다》,
《모여라! 색깔 친구들》, 《곱빼기로 땡큐땡큐》, 《많다 적다》 등이 있어요.

맨날 맨날 혼이 나

글 송윤섭 | 그림 서정해
초판 1쇄 펴낸날 2014년 10월 27일 | **초판 3쇄 펴낸날** 2020년 5월 26일
펴낸이 김병오 | **펴낸곳** (주)킨더랜드 등록 제 2013-000073
주소 경기도 파주시 회동길 366 | **전화** 031-919-2734 | **팩스** 031-919-2735
제조자 (주)킨더랜드 | **제조국** 대한민국 | **사용연령** 5세 이상

맨날 맨날 혼이 나

글 송윤섭 · 그림 서정해

킨더랜드

왜 그렇게 시무룩해?

엄마한테 혼났구나?

괜찮아!

걱정할 것 없어!

엄마가 혼내는 건

너를 미워해서가 아니야.

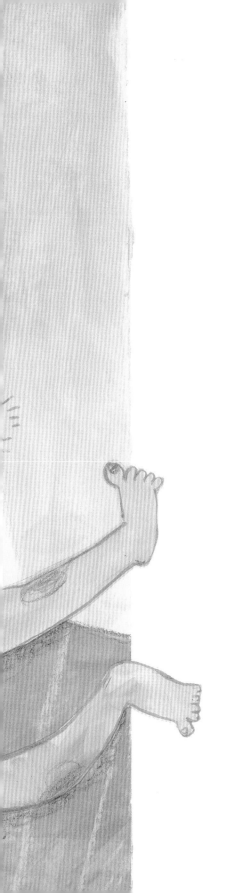

늦잠을 자다 혼났다고?
괜찮아. 누구나 아침 일찍 일어나기 싫어해.

하지만 아침에 너무 늦게 일어나면

양치질도 대충대충, 세수도 대충대충.
밥도 먹는 둥 마는 둥, 학교도 헐레벌떡.

아침은 하루를 시작하는 시간이잖아.
늦잠을 자면 하루가 시작부터 엉망이 돼.

횡단보도를 건너다 혼났다고?

파란불이 켜지자마자
후다닥 뛰어나갔구나?

횡단보도에서는
파란불이 켜져도
왼쪽 오른쪽 잘 살피고
천천히 건너야 해.
차도 너처럼 빨리 가려고 후다닥 달려올 수 있거든.

떼쓰다가 혼났다고?

네가 좋아하는 장난감을 너 혼자만 갖고 놀고 싶었구나.

장난감이 망가질까 봐 그랬지?

그래, 그럴수도 있지만 그런 일은 쉽게 안 일어나.

친구들과 놀 때는 네가 좋아하는 것도 나눠서 갖고 놀아 봐.

그러면 나중에 친구도 너한테 그렇게 할 거야.

맛있는 반찬만 먹다가 혼났다고?

누구나 맛있는 반찬을 좋아해.
하지만 좋아하는 반찬만 먹으면
키도 안 자라고 몸도 약해져.

우리 몸은 여러 가지 영양소를 필요로 하니까
음식을 골고루 먹어야 해.
그래야 키도 크고 힘도 세지는 거야.

수업 시간에 선생님께 혼났다고?

짝꿍과 꼭 할 얘기가 있어서 그랬니?

그래, 선생님이 네 마음을 몰라줬구나.

수업 시간에는 선생님한테 할 얘기를 생각해 봐.

선생님이 가장 좋아하는 아이는

바로 수업 시간에 궁금한 것을 물어보는 아이니까.

친구와 다투다가 혼났다고?

친구와 다투는 건 좋지 않은 일이야.

넌 잘못한 게 없다고?

가끔은 친구 잘못 때문에 혼이 나기도 해.

하지만 무조건 친구 탓으로 돌려서는 안 돼.

친구를 위해서 꾹 참아 주는 것도 필요해.

그리고 나중에 친구에게 말해.

우리 같이 잘못한 것을 고치자고.

거짓말하다가 혼났구나?

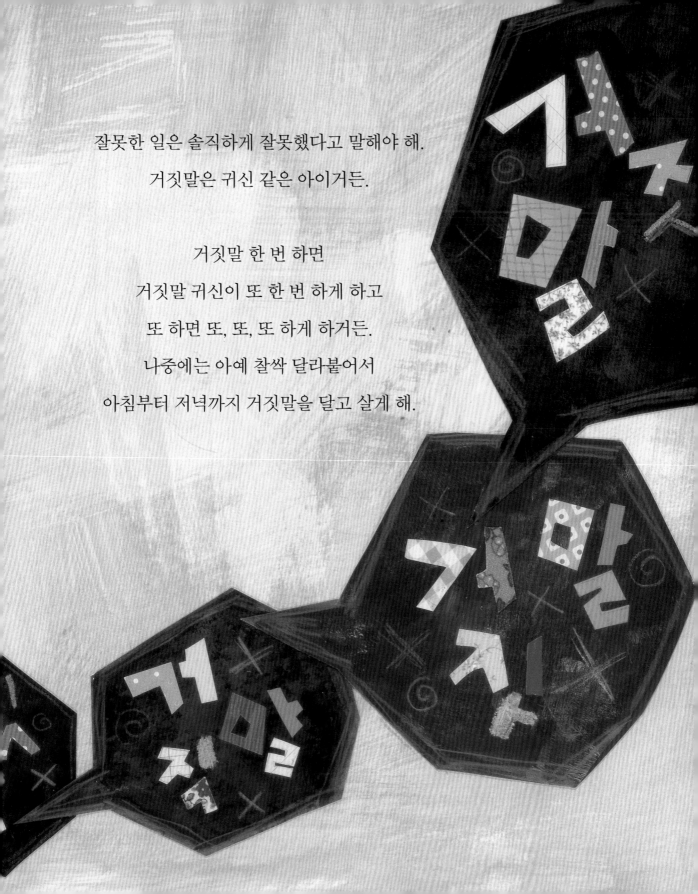

잘못한 일은 솔직하게 잘못했다고 말해야 해.
거짓말은 귀신 같은 아이거든.

거짓말 한 번 하면
거짓말 귀신이 또 한 번 하게 하고
또 하면 또, 또, 또 하게 하거든.
나중에는 아예 찰싹 달라붙어서
아침부터 저녁까지 거짓말을 달고 살게 해.

혼났다고 너무 슬퍼하지 마.

'나는 못난이야.'

'나는 바보야.'

이런 생각도 절대 하지 마.

아무도 너를 못난이라고 혼내지 않아.

아무도 너를 바보라고 혼내지 않아.

혼내는 것은

너의 작은 잘못을 알려 주고 싶다는 뜻이야.

그러니까 혼이 나면

'잘못된 행동을 고치라는 엄마의 신호구나!'

'잘못된 생각을 고치라는 선생님의 신호구나!'

하고 생각해 봐.

혼났을 때는 기죽지 말고
무엇을 고쳐야 하는지 생각해 봐.

잘못한 것을 적어 보는 것도 좋아.
그런 다음 씩씩하게
하나씩 지우면서 고쳐 가는 거야.

그러면 혼나는 일보다
칭찬 받는 일이 훨씬 많아질 거야.

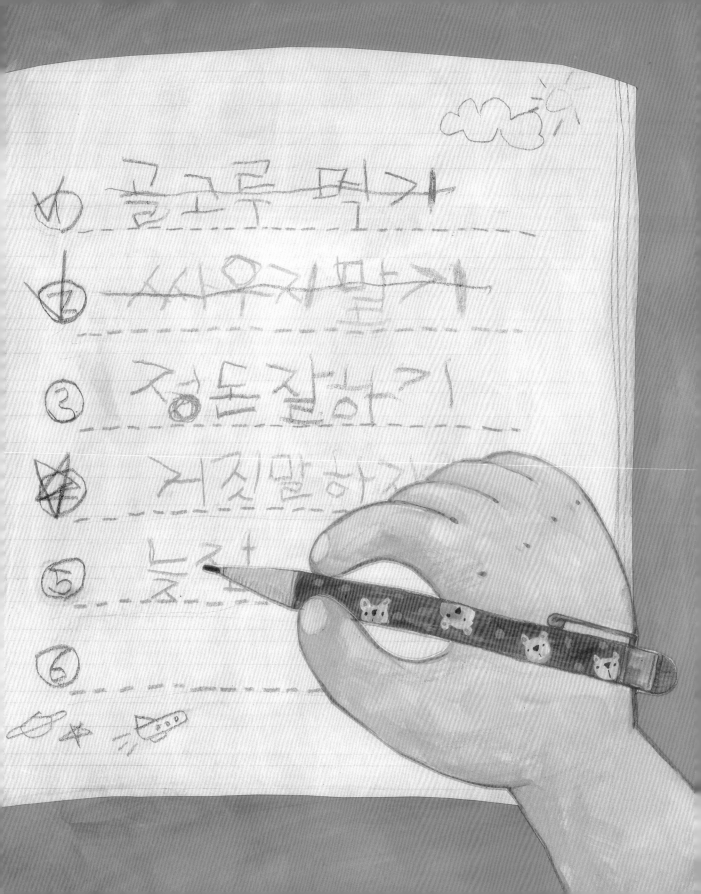

네가 잘못하지 않았는데
혼날 때도 있어.

그럴 때는 씩씩하게 말해.

"그건 제 잘못이 아니에요."

너만 혼난다고 생각하지 마.

누구나 잘못하면 혼이 나.

엄마도 잘못하면 혼나고,

아빠도 잘못하면 혼나고,

선생님도 잘못하면 혼이 나.

혼을 내는 건

누군가 너를 사랑하기 때문이야.

사랑하지 않는 사람은
누구도 혼내지 않아.
잘못을 해도
아무 관심도 없어.

세상에 어떤 사람도
혼이 안 나면서 자라는 사람은 없어.

혼이 나도 괜찮아!
걱정할 것 없어!

엄마도, 아빠도, 선생님도
언제나 너를 사랑하니까!